DIE WAHRHEIT WIRD EUCH

FREI MACHEN

von Agata Kapnik

Für meine beste Freundin und Mutter Renata Kapnik

1. Wahrheit als *Frage* nach sich selbst.

Was ist Wahrheit und woher kommt sie? Kommt sie aus einem fremden Land, spricht sie unsere Sprache? Ist sie Besucherin oder Begleiterin? Wie aus dem Nichts ... kommt sie manchmal und bleibt dann nur für eine kurze Zeit. Oder war sie doch überall und immer schon da gewesen? Und wenn ja: Wie alt kann sie dann sein?

Wer bist du WAHRHEIT? Bist du Empfindung, oder lässt du empfinden? Ist deine Mutter das Gewissen und dein Vater die Vernunft? Bist du autosuggestiv, rational oder vielmehr von sinnlicher Natur? Und wie kann man dich am besten erkennen? Hast du vielleicht nach langem Evolutionsprozess eine sichtbare Gestalt angenommen? Wie sieht dann dein Internet-Profil aus? Zeigst du dein ganzes Gesicht oder offenbarst du nur manche Teile? Hast du viele Freunde und wie viele davon sind welche von uns? Vielleicht hast du auch ein Business-Profil, gefüllt mit Kontakten zu den besten Profidetektiven? Oder bist du gar eine weitere der zahlreichen Produktgestalten, die man verpacken, auspacken, umpacken, kaufen, verkaufen, umtauschen, wegwerfen und sogar recyceln kann?

Montag, 20. 01. 2008. Ein kalter Wintertag.

»Theodora! Suchst du immer noch nach einem Zimmer?! Wie lange kann man das denn machen?! Du suchst schon zwei Wochen im Netz! Kein Wunder, dass du so lange studierst! Bei deiner Organisation und dem Tempo! Dein ganzes Leben ist so! Du wirst nie was werden! Hättest du doch eine Ausbildung gemacht, dann würdest du wenigstens schon Geld verdienen … Das ganze Studium ist in deinem Fall eine reine Desinvestition, lass dir das sagen!«, rief mein Vater aus dem Wohnzimmer. Der kalte Elternwind wehte an diesem Wintertag besonders stark. Der Wetterfrosch lag wieder mal falsch mit seiner Vorhersage einer *angenehmen Milde.*

»Das ist Freiburg – Studentenstadt und außerdem Ende des Semesters! Da zieht selten jemand vor den Abschlussklausuren aus und auch noch Mitte des Monats, weißt du Papa?! Und wenn doch, dann nicht bei 200 Euro Mietpreis!«, rief ich aus meinem Zimmer zurück, noch vor dem Computer sitzend.

›Hm … Schon die zweite Woche nichts Preisgünstiges im Angebot. In einem Monat sind die Klausuren. Warum bloß habe ich mich während meines Austauschjahres noch hier an der Uni angemeldet? Wollte wohl zwei Fliegen mit einer Klappe schlagen … Unbedingt auf schnellstem Wege mit dem Studium fertig werden – das war schon immer das oberste Ziel. Wollte ich damit zu viel? Oder habe ich unerwünschten Vorkommnissen zu wenig Beachtung geschenkt? Eigentlich dachte ich schon immer zu wenig über mögliche Probleme nach … Können andere Menschen immer auf alle Eventualitäten gefasst sein? Kann man überhaupt alles in Erwägung ziehen? Liegt es an mir, dass ich nichts finde? Jammern nützt jetzt auch nicht viel … Augen zu und durch!‹, dachte ich, während die Maus klickte und klickte. ›Leistungsdruck ist eine Last, die nie abzunehmen scheint.‹

Ich klickte noch die Stadtzeitung an: *Mietangebote: Freiburg und Umgebung.* ›Endlich Erfolg in Sicht: „Höllental, Schwarzwald. Preiswert, möbliert, auch täglich zu vermieten." Super! Dann kann ich später was Festes vor Ort suchen. Ich bin froh, wenn es erstmal wieder voran geht und die Ungeduld meiner Eltern ein Ende hat. Jetzt nur noch der Anruf beim Vermieter …‹

»T. am Apparat.«

»Guten Tag, ich heiße Theodora …« Ich startete den Smalltalk.

»Super! Sie können sofort einziehen. Das Zimmer ist möbliert, der Monat Januar wird mit 200 Euro für die letzten zehn Tage noch etwas teuer ausfallen, aber dafür können Sie auch den ganzen Februar für insgesamt 250 Euro ein anderes, auch möbliertes Zimmer, das dann frei wird, bewohnen«, versicherte mein zukünftiger Vermieter mit freundlicher Stimme. Herr T. war mir auf Anhieb sympathisch.

Meine Eltern freuten sich, dass ich wieder ein Stück weiterkam. Auch ich war erleichtert.

21. 01. 2008. Tag der Ankunft.

Im Höllental angekommen: Nach einem kurzen Klingeln öffnete sich die Pforte zum Hof eines kleinen Gasthauses, den ich nun aufmerksam überquerte. Herr T. wartete an der Haustüre auf mich. Wir begrüßten uns kurz und gingen die Treppe hoch zum zweiten Stockwerk. Er berichtete, dass er zurzeit mehrere Zimmer vermiete, was man auch an den zahlreichen Türen im Flur erkennen konnte. Zudem sagte er, dass sich das ganze Gebäude gerade im Umbau befinde, da er es erst vor Kurzem gekauft habe und es jetzt nach seinen Vorstellungen hergerichtet werden müsse. Tatsächlich ließ sich das schon beim Treppensteigen sehen: Die Wände bestanden aus unverputzten, untapezierten Gipsplatten, auch der Boden und die Treppe mussten größtenteils noch gerichtet werden. Im Flur fehlte Licht. Die neu gekauften Steckdosen hingen noch aus den Wänden heraus und mussten unbedingt eingebaut werden. All dies hinterließ einen ziemlich rohen und kahlen Eindruck – typisch für Hausrenovierungen. Herr T. sagte, es werde nur noch wenige Monate bis zur kompletten Fertigstellung dauern. Das schien mir plausibel und nachvollziehbar. Meine Eltern hatten ihr halbes Leben mit Erneuerungen in unserem Haus verbracht, da war ein Zustand wie dieser nichts Neues für mich. Schließlich öffnete er eine Zimmertür für mich. Ich blickte hinein. Auch dieses Zimmer war im gleichen Zustand wie das gesamte Haus – nur an Möbeln fehlte es hier nicht. Der karminrote Teppichboden, wie auch die grauen Zimmerwände, war mit zahlreichen, asymmetrisch auftretenden Flecken geschmückt. Die Möbelsammlung ähnelte einem Sperrmüllfund. Die Einzelteile waren nicht nur sehr alt und abgenutzt, sie waren zudem kaputt, wie etwa der Schrank, der zur Hälfte gar nicht aufging. Mit einem Stirnrunzeln realisierte ich, dass es sich hierbei wohl um mein zukünftiges Zimmer handeln sollte. Der Vermieter fragte auch gleich, ob es in Ordnung für mich sei, für die restlichen Tage dieses Monats hier einzuziehen. Ab Februar könne ich in ein neu gerichtetes Zimmer im Dachgeschoss einziehen. Mit einem Kopfnicken willigte ich ein. Eigentlich dachte ich nur an die bevorstehenden Klausuren. Eine feste Bleibe wollte ich sowieso erst unmittelbar nach der Klausurenwoche suchen, dann hätte ich auch viel mehr Zeit dazu. ›Eins nach dem anderen‹, dachte ich. Dann fügte Herr T. hinzu, dass er im Telefongespräch vergessen habe zu erwähnen, dass er für den mir überlassenen Schlüsselbund 200 Euro Kaution einbeziehen müsse – für einen möglichen Verlustfall. Das erschien mir plausibel; ich zahlte das Geld samt der Miete wie gefordert bar, kurz nachdem wir den Mietvertrag für den Monat Januar unterzeichnet hatten.

Kurze Zeit später war ich endlich alleine. Ich ordnete meine Sachen in der noch intakten rechten Schrankhälfte ein. Danach ruhte ich mich ein wenig aus. ›Ab morgen beginnt wieder die Uni. Ich werde viel Lernstoff nachzuholen haben‹, da wollte ich vor dem Auftakt zum bevorstehenden Lernmarathon unbedingt noch ein wenig Kraft tanken.

Die Woche verlief gnadenlos schnell. Morgens verließ ich das Haus. Am späten Abend kehrte ich zurück – eigentlich nur zum Schlafen. Für das Studium habe ich schon immer gern in der Bibliothek gelernt. Die Stimmung passt hier einfach: viele Studenten – individuell am eigenen Schreibtisch lernend und dennoch verbunden in der Zielsetzung, im Streben nach Wissen. Dazu umgeben von Mauern aus Büchern, die so zahlreich sind, dass das Leben allein nicht ausreichen würde, um die im Laufe der Zeit entstandenen Wände zu bewältigen.

28 / 29. 01. 2008. 2:30 Uhr nachts.

›Was sind das denn nur für Geräusche, die mich da eben geweckt haben?‹ Es schien mir, als ob da jemand mitten in der Nacht den Flur entlang ging. Hin und her, und wieder hin und wieder zurück. Der Zustand des Hauses ließ keinen Schritt ungehört. Plötzlich überkam mich Angst. Irgendwie versetzten mich das Geräusch und seine quietschende Tonpalette in einen Zustand der Unruhe. Zwar war ich jetzt neugierig geworden, was der Lärm zu bedeuten hatte, traute mich dennoch nicht, die Türe aufzumachen, um nachzuschauen, wer in diesem Haus nicht schlief, und aus diesem oder einem anderem Grund auch andere nicht schlafen ließ. Ich war den ganzen Tag an der Uni gewesen, und da jeder der Bewohner sein eigenes Zimmer hatte und es keine gemeinsame Küche gab, hatte ich noch keine Bekanntschaft zu anderen Mietern schließen können. Jetzt, mitten in der Nacht, schien mir irgendwie auch nicht gerade der passende Zeitpunkt dafür zu sein. Die Angst nahm nicht ab, aber auch die Neugierde nicht. ›Hätte ich mich doch die letzten Tage mit der Umgebung besser bekannt gemacht.‹ Ich fühlte mich plötzlich verloren in diesem alten Haus, hinter seinen unbekannten Wänden. So legte ich mein Handy neben mein Kopfkissen – nur für alle Fälle, falls ich doch aus irgendeinem Grund nach Hilfe rufen musste. Danach versuchte ich wieder einzuschlafen. Ein klarer Fehlversuch! Die Schritte wurden irgendwann durch ein systematisches Klopfen an die Flurwände verstärkt. ›Was zum Kuckuck ist das?! Und wie können die anderen dabei nur schlafen? Moment … Gibt es denn überhaupt andere?‹ Eigentlich hatte ich nur einen älteren Mann im Zimmer genau gegenüber wahrgenommen. Er hustete immer so stark, auch nachts. Vielleicht war er auch derjenige, der jetzt den Flur entlang wandelte. Irgendwie erschien mir eine Verknüpfung zu seinem Rachenproblem plausibel. ›Nur … wenn das noch länger so geht, dann weiß ich auch nicht!‹ Ich konnte mich jetzt irgendwie nicht mehr beruhigen und wieder in den Schlafzustand zurückkehren. ›Wie lange das wohl noch so gehen kann?‹, überlegte ich und warf einen Blick auf die Mobilfunkuhr: 4:30 Uhr. Irgendwann schlief ich dann doch noch ein … Die Gnadenlosigkeit der Müdigkeit lässt uns irgendwann alles ertragen.

Der morgendliche Weckruf war an diesem Tag besonders erbarmungslos. ›Da bin ich gespannt, was heute Nacht auf mich zukommt‹, dachte ich beim Zähneputzen. Es folgte das Gleiche wie die Nacht zuvor. Wäre ich bloß nicht so müde gewesen, so hätte ich feststellen können, ob auch der Ablauf gleich war, aber ich schaffte es einfach nicht.

Die nächste Nacht war ruhig.

31. 01. 2008. Ende des ersten Mietvertrages.

Ich fragte den Vermieter, wann ich ins vereinbarte Dachgeschoß umziehen könne. Er informierte mich, dass sich mein Umzug um ein, zwei Tage verzögern werde, da der Vormieter das Zimmer noch zu richten habe; er sei noch nicht ausgezogen. Herr T. sagte, dass er mich dazu noch informieren werde und dass wir dann, erst am Tag des Umzugs, den Mietvertrag für das andere Zimmer und auch den neuen Monat unterzeichnen werden. Dann solle ich ihm wieder das Geld in bar bezahlen. Ich stimmte zu. Es ließ mir keine Ruhe und ich fragte ihn kurz, wer für die nächtlichen Geräusche im Haus sorge. Er sagte, ihm sei nichts Besonderes aufgefallen und irgendwie ahnte ich, dass er log. Ich hatte schon immer einen guten Riecher für Wahr und Falsch.

2. Wahrheit als Form der *Erkenntnis*.

Erkenntnis braucht eine bestimmte Zeit, und auch der Weg zur Wahrheit bahnt sich durch den Aspekt eines für ihn bestimmten Zeitabschnitts, des eigentlichen. Doch wie lange braucht die *bestimmte* Zeit *eigentlich*, um die Wahrheit zu erkennen? Der Weg zur Wahrheit kann für jeden entweder ein kurzer oder ein langer Prozess sein. Eine individuelle Zeit des Zusammenpuzzelns aller Details. Wenn einige Puzzleteile fehlen oder uns für einen Moment unbemerkt entgehen, wird das Gesamtbild gar nicht oder erst später entstehen können. Eine Lüge besteht aus vielen Fassaden, jedoch kann zu einem bestimmten Zeitpunkt, aufgrund der sich wiederholenden Zustände und Merkmale, der Algorithmus ihres wahren Wesens berechnet werden. Somit benötigt der Prozess der individuellen Erkenntnis von Wahr und Falsch, Falsch und Wahr eine für ihn bestimmte Zeit. Gerade deswegen unterscheiden wir uns in unseren individuellen Erkenntnissen, da eine für jeden Einzelnen bestimmte Zeit, individuell gleiche oder individuell andere Zustände zuordnen lässt. Demnach können sich auch die Wege zur

Wahrheit mehrerer Personen zum gleichen Zeitpunkt entweder überschneiden oder aber auseinandergehen. So wird die gegebene Zeit unsere partiellen Wahrnehmungen *bestimmen*. Die Wahrheit kann dann durch eine Aggregation wahrgenommener Zeitzustände geformt werden.

Drei Tage vergingen und ich erfuhr nichts Neues über meinen Umzug. Auch nach dem vierten und fünften Tag nicht. Die Ungewissheit beunruhigte mich. Am sechsten Tag klingelte ich selbst an Herrn T.s Tür und fragte, wann ich endlich umziehen könne. In zehn Tagen hätte ich meine Klausuren zu bewältigen, da wollte ich nicht unbedingt noch mit Ein- und Auspacken beginnen. Herr T. sagte, er verstehe das, er wolle auch unbedingt, dass ich *gleich* den neuen Mietvertrag unterzeichne und für den Februar zahle, jedoch habe sich die Lage mit dem Vormieter deutlich verschlechtert. Herr T. habe wegen des hinterlassenen Zimmerzustandes dessen Kaution einbehalten müssen, woraufhin ihn der Vormieter verklagt habe. Wenn ich dennoch da einziehen wolle, würde man nicht mehr so leicht nachweisen können, wer diese Schäden hinterlassen hat. Aber er könne mir das Zimmer gerne zeigen, damit ich selbst entscheide, ob ich das Risiko auf mich nehme und umziehe. Er habe aber heute noch ein paar Termine und komme erst am späten Abend zurück. Erst gegen 22 Uhr sei er wieder zu erreichen, ob mir das nicht zu spät sei. Ich hatte bereits bemerkt, dass er in den letzten Tagen noch später als ich im Haus angekommen war; ich konnte ihn ja wegen des Umzugs nie erreichen. Irgendwie kam mir das Ganze sehr seltsam vor, vielleicht war es nur die Art, wie Herr T. die Sachlage schilderte, oder doch die zustande gekommene Verzögerung, die er tagelang mit Stillschweigen quittierte. Ja, ich wollte das Zimmer sehen!

Seine Ankunft verzögerte sich bis 23 Uhr. Eigentlich hatte ich das Warten schon aufgegeben und bereitete mich auf den Schlaf vor. Ich war gerade beim Zähneputzen, da hörte ich ein starkes Klopfen an meiner Zimmertür. Er rief seinen Namen, ich öffnete. Wie vereinbart wollte T. mir nun das Zimmer zeigen. Ich seufzte und folgte ihm die Treppe hinauf. Im Dachgeschoss angekommen, vor der Tür des mir versprochenen Zimmers, fügte Herr T. ein letztes Mal flüchtig hinzu: »Wie gesagt, die Schäden sind noch *nicht* behoben worden, das Zimmer wurde noch *nicht* gerichtet und dafür muss der Vormieter aufkommen. Wenn Sie jetzt einziehen, werden Sie für die hier bereits entstandenen Schäden mit hoher Wahrscheinlichkeit mit aufkommen müssen, da wir hierfür noch keinen Sachverständigenbericht haben und wenn ein neuer Mieter einzieht, wird diese Ermittlung nur zusätzlich erschwert.« Dann machte er endlich die Zimmertür auf. Ich blickte hinein. Das Zimmer war mit meinem derzeitigen nahezu identisch: Flecken auf dem alten Teppich, Schränke, die schwer aufgehen, Flecken auf den Wänden und eine kaputte alte Lampe. Eigentlich ließ das Zimmer, im Vergleich zum Zustand des gesamten Hauses, keine weiteren oder außergewöhnlichen Besonderheiten erkennen. Es war *noch nicht*, wie versprochen, erneuert worden. Es war zwar auf seine Art verwahrlost, aber *auf keinen Fall demoliert worden*, wie der Herr es mir zu verdeutlichen versuchte.

»Sehen Sie, was er hier alles angestellt hat?! Der Schrank ist so kaputt, dass man ihn nicht mehr öffnen kann! Die ganzen Flecken an den Wänden! Und schauen Sie doch mal auf den Teppichboden! Er wird mir *jetzt* diese Schäden komplett ersetzen müssen!«, schrie Herr T. cholerisch. Ich erblasste ganz plötzlich und konnte keinen Ton mehr von mir geben. Ab diesem Zeitpunkt spielte sich alles nur noch in meinem Kopf ab. ›Sollte mich das Schreien des Vermieters dazu veranlassen, seiner Behauptung noch Glauben zu schenken, dass der Vormieter an diesem Zustand die Schuld trägt?‹ Der Zustand des Zimmers passte plötzlich zu dem Gesamtbild der hier stattfindenden Geschichte. Ein mathematisches Eins-plus-eins. Alles ergab nun einen Sinn für mich! Ich hatte es verstanden ... Es bedurfte hierzu keiner hohen Intelligenz. Ich hatte begriffen, wollte es nur nicht wahrhaben: Der nette Vermieter war in Wahrheit ein gerissener Betrüger und Abzocker.

Rückblickend wurde mir klar, dass der vertrauenerweckende Herr jedem seiner zukünftigen Mieter einen fiktiven Umzug in kürzester Zeit versicherte und sich für die aktuelle Lage auf natürlichste und eine durchaus sympathische Weise entschuldigte, um ihn später seiner Kaution zu berauben. Auf diese Weise renovieren ihm seine Opfer das Gasthaus. ›Das kann doch echt nicht wahr sein!‹, dachte ich, ›Kann mich hier wirklich das gleiche Schicksal treffen?‹ Ich machte mir Sorgen wegen meiner Kaution – viel Geld für einen Studenten. Dennoch wurde mir bewusst, dass mich die Schuld zum Teil auch selbst traf: Zuletzt war ich bei der Zimmersuche nicht besonders kritisch gewesen, da ich schon so eine lange Zeit ohne Erfolg nach etwas Günstigem gesucht hatte.

Aber das war erst der Anfang dessen, was noch auf mich zukommen sollte …

»Aus diesem Grund mache ich Ihnen einen Vorschlag: Ich könnte Ihnen das Zimmer, in dem Sie bereits wohnen für 450 Euro für den gesamten Monat Februar anbieten. Normalerweise beziehe ich dafür einen Mietpreis von 475, aber in diesem für mich ungünstigen Fall muss ich wohl den Verlust auf mich nehmen«, sagte Herr T. Ich war mehr als schockiert. ›Das ist ja ein super Vorschlag! Auf keinen Fall!‹, dachte ich, ›Der tickt doch nicht richtig, wenn er denkt, dass er damit bei mir durchkommen kann!‹ Ich schwieg wohl zu lange und meine Mimik verriet bestimmt die in mir aufwallende

Empörung, da Herr T. plötzlich zunehmend nervös wurde. Er fing nun mit einem Mix aus Drängen und Fordern an: »Wenn nicht, dann ziehen Sie *noch heute* in dieses Zimmer um, und zwar auf Ihr eigenes Risiko!« ›Noch heute?‹ Es war bereits 23:30 Uhr, da ich auf den Herrn Vermieter endlos hatte warten und warten müssen. »Wissen Sie, ich werde mir das Ganze noch bis morgen überlegen, ich bin heute einfach zu müde, um klar zu denken. Morgen können wir dann bestimmt noch etwas aushandeln«, sagte ich. Das veranlasste ihn nun, mich anzuschreien und zu bedrängen. Er wollte, dass ich *jetzt sofort* mit ihm den Mietvertrag für Februar unterzeichne! Ich sagte, dass das bestimmt bis morgen warten könne, es sei bereits sehr spät geworden und der Mietpreis für das Zimmer sei unangemessen hoch. Ich fügte hinzu, dass er mir etwas anderes versichert habe und ging die Treppe hinunter zu meinem Zimmer. Er folgte mir ... bis in mein Zimmer! Ich konnte ihn an meiner Zimmertür nicht abwimmeln ... da war er schon drin! Er machte die Tür geschwind zu und verschloss sie mit dem Schlüssel, der prompt auch in seiner Hand landete. Kalter Schweiß überkam mich und lief mir den Rücken hinunter. Ich hatte Angst, schrie aber nicht, da Panik mir nur sinnlos erschien. ›Angst zu zeigen wäre jetzt mein Ende‹ dachte ich. Ich versuchte mit klarem Kopf zu denken, soweit mein Zustand es mir ermöglichte. Ich konnte mir keinen Ausbruch von Panik erlauben. Auch keine andere Form von Schwäche. Er betonte äußerst ruhig: »Ich will Ihnen nichts tun. Ich will nur, dass Sie *jetzt* den Mietvertrag für das Zimmer hier unterschreiben« und zog einen bereits vorbereiteten Mietvertrag aus seiner Westentasche. Mein Kopf analysierte in Blitzesgeschwindigkeit jede seiner nervösen Regungen, jedes Zucken, jedes Wort. Er sagte zwar: *Ich will Ihnen nichts tun*, nicht aber: *Ich werde Ihnen nichts tun.* Ich verstand, dass ich unterzeichnen musste, wenn ich ihn aus dem Zimmer bekommen wollte. Ich zitterte und wusste zum ersten Mal im Leben nicht, ob es wegen meiner Angst oder der inneren Empörung war. Ich war dem Erstarren nahe und dennoch voller Wut, Angst und Hass. Mein Innerstes wollte sich wehren, es schrie und tobte wegen der betrügerischen Ungerechtigkeit. Bevor ich überhaupt im Stande war zu realisieren, was hier passierte, war ich schon zum Opfer geworden und konnte nichts mehr dagegen tun. Ich unterschrieb – nur einen flüchtigen Blick auf den Text des Mietvertrages riskierend. Der Zustand, in dem ich mich zu diesem Zeitpunkt befand, erlaubte mir keinen Protest. *450 Euro Mietpreis, zuzüglich einer Putzpauschale von 50 Euro beim Auszug*, signiert ich mit meinem Namen. Mit der bereits bezahlten Kaution von 200 Euro waren es jetzt insgesamt 700 Euro: Ein kleines Vermögen für einen Studenten, gleich einer mehr als einmonatigen Existenzsicherung. Aber auch damit war noch lange kein Ende in Sicht!

So impertinent er auch war, Herr T. forderte die sofortige Bezahlung und drängte mich in Richtung Schrank. Ich fragte mich gar nicht, woher er es wusste, dass ich Bares im Zimmer versteckte. Das spielte keine Rolle mehr. Ich war mit meinen Nerven am Ende: Ich bezahlte. Mit arrogantem Gelächter verließ er endlich mein Zimmer – so gegen halb eins in der Nacht. Ich lag im Bett und zitterte. Nicht nur, dass ich mit den nahezu 50 Euro, die mir geblieben waren, so gut wie kein Geld für den kommenden Monat mehr hatte, ich zitterte einfach, weil mein Zustand einen Ruhezustand nicht gewähren konnte. Ich fühlte mich dem Betrug machtlos ausgeliefert.

Irgendwann fing ich dann damit an, mich selbst für das Entstandene zu beschuldigen, woraufhin ich mich wieder zu beruhigen und zu trösten versuchte. Eine ganze Bandbreite von Gefühlsausbrüchen spielte sich in mir ab, immer begleitet von einem Gefühl der Leere, das alle anderen Gefühle im Griff hatte. Es war der Kampf der Emotionen, welcher sich in meinem Inneren abspielte und mich zum Zittern brachte. Um 5:30 Uhr blickte ich zum letzten Mal auf die Uhr, irgendwann kurz danach erlag mein Inneres und ergab sich dem Schlaf.

Es war 8:30 Uhr, als ich erwachte – aufgrund von … Geräuschen, die aus dem Zimmer gegenüber zu kommen schienen. Etwas Tragisches schien sich da gerade abzuspielen, es machte mich trotz meiner Erschöpfung hellwach. ›Da will ich Zeuge sein!‹, ließ mich mein Inneres vernehmen. ›Egal, was es kostet!‹ Ich verließ schwungvoll das Bett, um an meiner Tür zu lauschen. Obwohl mehrere Menschen schrieen, konnte ich nur bei einer Person den Klang purer Wut und Verzweiflung wahrnehmen. Es erschien mir, als ob die unerwünschte Ungerechtigkeit wieder einen ihrer unverhofften Besuche abstattete. Eins stand fest: Ich musste sie fortjagen!

Ich öffnete die Tür zum Flur. Die Tür zum Zimmer gegenüber war nicht geschlossen und ich sah hinein und realisierte, wie Herr T. den Mieter des Zimmers gerade anschrie: Es handelte sich um den Herrn mit den nächtlichen Hustenattacken, Herrn Rachenproblem. Es waren aber noch zwei weitere Personen anwesend. Es schien mir, als ob Herr Rachenproblem ausziehen wollte, aber durch Herrn T. und die anderen beiden in seiner Absicht behindert wurde. »Jetzt reicht's mir, habe ich gesagt, ich gehe!«, schrie Herr Rachenproblem, ging hastig aus dem Zimmer und an mir vorbei. Er war derart wütend, dass er mich gar nicht bemerkte. Dafür registrierte mich Herr T. umso besser! Meine Anwesenheit machte T. noch wütender. Er wandte sich den anderen beiden zu und knallte die Tür zum Zimmer gegenüber zu. Ich war eben Zeuge bei etwas gewesen, was mir auf Anhieb nicht richtig erschien. Ich wollte nur Rache, es war mir egal, was ich dabei riskierte. Ich nutzte den kurzen Augenblick mit meinem Nachbar im Flur, um ihm meine Telefonnummer in die Hand zu drücken und bat ihn, mich anzurufen, wenn alles vorbei wäre. Er nickte und steckte den Zettel rasch in seine Jackentasche.

Dann schauten mich die entkräfteten Augen des Herrn Rachenproblem kurz an. Sie hatten nichts mehr zu sagen. Sie wollten nicht mehr. Nur weg von hier … von diesem Ort … weit weg.

Prompt öffnete sich auch wieder die Tür seines ehemaligen Zimmers und einer der beiden anderen verließ mit Herrn Rachenproblem das Gebäude. Ich verschwand in meinem Zimmer, lauschte aber ununterbrochen an meiner Tür, um eine wertvolle Information zu erhaschen. Herr T. wiederholte andauernd mit empörtem Jammern: »Sehen Sie, ich bin *kein Betrüger*! Ich weiß nicht, wieso er mich als Betrüger darstellt! So was habe ich wirklich nicht verdient …«

Nach zwei Stunden kam dann der versprochene Anruf. Wir verabredeten uns zu einem Kaffee am gleichen Nachmittag. Ich erfuhr, dass nicht Herr Rachenproblem derjenige war, der nachts für die Unruhe sorgte. Es war der Lord des Hauses selbst. »Er ist es, der uns alle terrorisiert! Sechs Monate lang! Ich danke Gott, dass ich da heute ausziehen durfte. Endlich! Ich habe Woche für Woche nach etwas Günstigem gesucht. Mein Budget reicht für vieles nicht aus. Ich bin Rentner, krank. Ich

hatte vor zwei Monaten eine komplizierte OP. Aber …
sagen Sie, Sie haben mir ihre Nummer gegeben. Was ist
da bei Ihnen los, bedroht er Sie auch schon?!«, fragte
Herr Rachenproblem. Ich erzählte ihm die Geschichte,
die sich in der vorherigen Nacht in meinem Zimmer
abgespielt hatte. Sein Gesichtsausdruck zeigte müde
Gewohnheit. ›Mein Fall ist kein Einzelfall‹, erkannte ich.
Dann erzählte mir Herr Rachenproblem seine
Geschichte: Er wurde heute um seine Kaution, 400 Euro,
betrogen. Beim Auszug riss Herr T. die fleckige
Bodendecke komplett auf und forderte Herrn
Rachenproblem auf, ihm diese durch die Kaution zu
ersetzen. T. kassierte den gesamten Betrag, da auch die
Wände schmutzig waren. Ich war starr vor Entsetzen.
Herr Rachenproblem war zudem maßlos enttäuscht über
das Verhalten seiner eigenen Freunde. Diese waren
nämlich dazu hergebeten worden, um ihm beim Auszug
zu helfen. Er wusste bereits von den Auszügen anderer,
was auf ihn zukommen sollte, wollte aber unbedingt sein
Geld zurückbekommen, da er am Existenzminimum lebt.
Zu seiner Enttäuschung haben auch seine Freunde *dem
Feind* geglaubt. Vor allem ließen sie sich überzeugen,

dass Herr Rachenproblem der *tatsächliche Verursacher* des Schadens sei und dass deshalb auch seine Kaution konfisziert werden müsse. Die eigenen Freunde – schenken dem Feind Glauben. Die Gerissenheit hat gesiegt … Sie ist geübt. Keine Chance für die Wahrheit … Auch heute nicht … Zum Abschied fügte Herr Rachenproblem hinzu: »Da befinden sich schon sieben der aktuellen Mieter im Rechtsstreit mit diesem Betrüger. Die restlichen haben keine Kraft dazu. Oder … kein Geld: Prozessrisiko … Verstehen Sie? Ich habe beides nicht … Das war`s mit der Kaution … Schlimmer ist da nur eins: Dort wohnen zu bleiben und dafür noch zu bezahlen. Der ständige Zoff, die Unruhe, die Probleme … Und für diesen Stress zahlt man noch! Monat für Monat … Normal ist das nicht. Dieser Mann weiß, wie schwierig es ist, eine dauerhafte Bleibe in dieser Region zu finden und nutzt gerade diese Situation aus. Die anderen haben auch keine Kraft mehr. Er terrorisiert nahezu jeden, wo er nur kann. Er kommt und geht, wann er möchte. Verursacht ständig neue Szenen. Das ist kein normaler Wohnzustand mehr! Das ist kein Leben hinter diesen Mauern … Und dafür müssen wir noch bezahlen, wo andere Menschen für ihr Geld hinter ihren vier Wänden ganz normal wohnen können! Als ob das Leben nicht ohnehin schon schwer genug wäre ... Da kommst du abends nach Hause und die Post geht erst richtig ab! Diesen Zustand musste ich sechs Monate lang erdulden. Nach diesem Zirkus werde ich in Zukunft nicht nur doppelt, sondern dreifach Mietangebote analysieren. Diese Erfahrung hat mich verändert. Ich bin unruhig, gar nervös geworden. Diese Dauerstresssituation, in ständigen Konflikten mit diesem Choleriker, hat mich viel meiner Gesundheit gekostet, von der ich ohnehin wenig habe. Ich kann mir vorstellen, was in Ihnen jetzt vorgeht. Machen Sie sich ja keine Vorwürfe, das konnten Sie nicht ahnen. Auf so eine Gerissenheit ist keiner gefasst! Ich bin 59 geworden, habe viel mehr als Sie im Leben durchgemacht ... Man könnte meinen, dass mich mein Alter erfahrener machen sollte. Und dennoch ... Auch ich bin darauf reingefallen! Zum Opfer geworden ... Wie es auch bei jedem anderen gewesen ist. T. wird seinen Opfern gegenüber immer im Vorteil sein. Er wird unsere Lage immer ausnutzen können. Wir sind auf der Suche und können nichts finden. Und ... Zack – ist er plötzlich da! Sie sollten sich mit den anderen verständigen. Ich bin der Meinung, dass die Mieter in diesem Fall zusammenhalten müssen. Glauben Sie mir, da kommt noch einiges auf Sie zu. Seien Sie schon mal darauf gefasst oder besser gesagt: Fangen Sie schon jetzt mit der Wohnungssuche an, denn der Mietpreis beim Herrn T. steigt vom Monat zum Monat. Diesem Mann kann keiner was … Er ist nicht nur ein krimineller Betrüger, er ist auch ordentlich gewalttätig! Wenn Sie jemals mit ihm einen Rechtsstreit anfangen sollten, dann ziehen Sie noch vor dem ersten Anwaltsbrief aus. Seien Sie gewarnt! Alle der sieben Ankläger sind bereits ausgezogen. Denn der gute Herr hat den ersten, der rechtliche Hilfe beantragt hat, und da noch wohnen blieb, die Treppe runtergestoßen. Herr T. zahlt ihm dafür noch heute Schmerzensgeld. Aber … so eine Situation braucht kein Mensch! Wenn Sie Ihre Kaution und den Überbetrag an Miete, den Sie gestern gezahlt haben, jemals zurückwollen, dann werden Sie es im Rechtsstreit fordern müssen. Sollten Sie das wirklich wagen, müssen Sie ausziehen. Sonst befinden Sie sich in Lebensgefahr!« Wir verabschiedeten uns. Ich blieb noch eine Weile im

Café sitzen. Es begann zwar bereits zu dämmern, aber ich konnte und wollte nicht zurück. Vielmehr wollte auch ich unbedingt und auf schnellstem Wege ausziehen. Nur wohin? Und vor allem wofür? Ich machte einen abendlichen Spaziergang durch Freiburg. Ich passierte Gasse für Gasse, besser gesagt: Anwaltskanzlei für Anwaltskanzlei. Freiburg – ein Labyrinth der vielen Rechtsanwälte. Eigentlich suchte ich nicht. Ich bewegte mich rein intuitiv fort und blieb dann irgendwann nach stundenlangem, ziellosen Hin- und Herlaufen vor irgendeiner Anwaltskanzlei stehen. Ich atmete auf und machte eine kurze Pause. *Rechtsanwalt Roland Trist.* ›Den werde ich morgen besuchen!‹

Am nächsten Tag schilderte ich ihm die Sachlage, gefolgt von meinem Wunsch nach Revanche und Gerechtigkeit. Als ich mir beim Reden zuhörte, wurde mir bewusst, dass ich Herrn T. bereits hasste. Zumindest das Böse an ihm erfüllte mich mit Zorn und stieß mich im tiefsten Inneren ab.

»Er ist ein Betrüger« – das war das Fazit meines Rechtsanwalts. »Das nachzuweisen wird jedoch nicht so leicht, wie es zunächst scheinen mag. Sie haben *keine*

Zeugen. Insgesamt hat er von Ihnen 500 Euro Monatsmiete für fünfzehn Quadratmeter erpresst. Das unterliegt dem Mietwucher, aber er wird das Geld bestimmt *nicht* zurückzahlen wollen, wenn Sie ihm heute fristlos den Mietvertrag kündigen und sofort ausziehen. Sie müssen dann mit dem Verlust dieses Geldes samt der Kaution rechnen, was insgesamt 700 Euro sind. 700 Euro, die er freiwillig *nicht* zurückzahlen wird. Das heißt, ich schreibe ihm erstmal einen Anwaltsbrief, indem ich das Geld in Ihrem Namen fordere. Wenn er danach nicht zahlt, wovon ich aus Erfahrung mit Betrugsfällen ausgehe, werden wir dieses Geld vor Gericht einfordern müssen. Dann haben Sie aber ein Prozessrisiko in Kauf zu nehmen – wenn wir verlieren sollten. Das ist hier ein kleiner Fall, das heißt: Auch das Prozessrisiko, dass Ihnen entsteht, wird nicht allzu hoch ausfallen. Es wird in Ihrem Fall ungefähr um die 2 000 Euro betragen. Es kann tatsächlich sein, dass wir verlieren werden, da sich die Handlung hinter verschlossener Tür abspielte, auch haben Sie *nicht* um Hilfe gerufen ... Wir haben keine Zeugen und damit hat er einen Vorteil, der nicht für unseren Sieg spricht. Ein Pluspunkt ist aber, dass T.

bereits vorbestraft ist. Solche Fakten sind immer gut, jedoch ist das – ein separater Fall. Das kann man nicht unbedingt gleichsetzen. Wenn wir das durchziehen wollen, um Ihr Geld zurückzubekommen, müssen Sie Ihrem Vermieter fristlos den Mietvertrag kündigen und *so bald wie möglich* ausziehen. Mit der Beendigung des Vertragsverhältnisses haben Sie das Recht, Ihr Geld zurückzufordern. Wenn Herr T. das nicht einsieht, was ich vermute, so werden wir vor Gericht primär vom Fall der *arglistigen Täuschung* ausgehen müssen ...«, belehrte mich mein Anwalt. Das war der Anfang eines Jura-Schnellkurses, den ich von nun an noch ganz nebenbei zu absolvieren hatte. Ich fing an, mich mit dem Gedanken eines baldigen Auszugs anzufreunden. ›Den Auszug werde ich ohne Hilfe nicht bewältigen können‹, dachte ich. Ich musste doch irgendwo vorübergehend übernachten können. Da fiel mir nur Miri ein. ›Sie war schon immer hilfsbereit und unkompliziert bei solchen Sachen.‹ Mein Anwalt meinte am Ende noch, dass ich potentielle Zeugen für den ordentlichen Verlauf meines Auszugs bräuchte. Vor allem um zu bestätigen, dass ich das Zimmer auch in ordnungsgemäßem Zustand abgegeben habe – für den Fall, dass Herr T. vor Gericht behaupten würde, ich hätte das Zimmer am Ende aus Wut demoliert. »Irgendwen, der glaubhaft und nicht naiv ist, auf eventuelle Täuschungen resistent.« Da kam mir nur Bianca in den Sinn. ›Mit ihr habe ich ja über zwei Jahre problemlos zusammengewohnt. Sie kennt mich. Es gab nie Streitigkeiten zwischen uns und sie hatte schon immer ein großes Mundwerk in allen Angelegenheiten mit unserem damaligen Vermieter. Sie wird diese Situation am besten nachvollziehen können. Sie wäre die Letzte, die sich so etwas bieten lassen würde. Ohnehin machte sie schon immer um jeden Euro einen großen Wirbel.‹ Ich rief sie an und weihte sie in meine missliche Lage ein. »Oh, Mensch! Was ist denn bei dir los! Wobei …, wenn ich so nachdenke, dann hast du echt ein spannendes Leben! Erst das Austauschsemester und jetzt …, zurück im Studium und voll auf Verbrecherjagd! Das schafft nicht jeder! Wie machst du das eigentlich?«, lachte sie. Bianca konnte schon immer die schwierigste Situation mit Humor sehen. So erklärte sie sich bereit, zu kommen und mir beim Auszug zu helfen sowie den Zustand des Zimmers bei Abgabe zu bezeugen. Wir verabredeten, dass sie mich um 18:00 Uhr des nächsten Tages abholen sollte. Ich wusste, ich konnte Herrn T. nur abends erreichen. Außerdem sollte ihm mein Anwalt auch um 21:00 Uhr meine fristlose Kündigung zufaxen. Mir war ganz mulmig beim Gedanken an den morgigen Tag. Ich bekam langsam Angst und wurde nervös. Im Zimmer angekommen, packte ich meine Sachen so schnell es nur ging. Am Abend vor meinem Auszug wollte ich noch Kontakt zu den anderen Hausbewohnern aufnehmen. Ich traf aber nur einen der Mitbewohner an. Sein Name war Gregor. Er erzählte mir all die Geschichten, die sich in diesem Haus bis dato abgespielt hatten, und gab mir die Kontaktnummern von einigen, die bereits fristlos ausgezogen waren. Beim Abschied versicherte er mir, auch er werde mir als Zeuge beim Auszug zur Seite stehen. Ich war erfreut. Seine Aussage würde vor Gericht einen besonderen Stellenwert erhalten, da wir uns zuvor nicht persönlich gekannt und somit kein Bezug zueinander hatten. Die Begegnung mit Gregor hatte mir Mut gegeben und mich ein wenig beruhigt, sodass ich, trotz der steigenden Aufregung und

Ungewissheit über das Kommende, gut einschlafen konnte.

3. Wahrheit als *Schlüssel.*

Was ist Wahrheit und wozu führt sie, wenn sich Tag für Tag Türen schließen? Wenn die Tür zur Arbeit nicht mehr aufgeht und die Tür zum Herzen für immer verschlossen bleibt. Oder ... wenn wir gar an Menschen, die keine Haustüre haben, von Kaufhaustür zu Kaufhaustür vorbeischreiten— kann auch hier die Wahrheit anwesend sein? Oder ist es vielmehr doch eine ihrer zahlreichen Interpretationen? Kann man das Reale, real Beobachtbare, real Feststellbare oder Greifbare auch wirklich Wahrheit nennen? *Wie erkenne ich Wahrheit?* Im Alltagstrubel will doch jeder seine eigenen „Wahrheiten" durchsetzen. Ist dieser Machtkampf realer als die Wahrheit? Die wahrnehmbare Wahrheit ... Woher weiß ich, dass Herr T. nicht vielleicht wirklich glaubt, was er anderen zu vermitteln versucht? Schwankt er nur in seiner Wahrheitswahrnehmung, wenn er seinen Phantasmen Überzeugung schenkt? Wenn ihm aber auch

Dritte Glauben schenken und dabei die eigentliche Wahrheit nicht erblicken können, bzw. seiner Wahrheit glauben schenken, haben sie dann auch die gleiche Form von Wahrheitserkennung wie Herr T.? Und wenn wir *das Gleiche* in Wirklichkeit nur *anders* wahrnehmen? Sind wir dann alle im Recht? Vielleicht liegt Wahrheit vielmehr an der Schnittstelle der seinen und der meinen …? Möglicherweise lässt uns aber vielmehr die in Wahrheit investierte Zeit diese auch anders erkennen. Wenn jemand lange unter gebündelten Unwahrheiten Ungerechtigkeit erleiden muss, lässt sich auch nicht erwarten, dass ein anderer, der daran nicht teilgenommen hat, die Leiden in gleicher Weise nachvollziehen kann. Ist es damit nur die menschliche Wahrnehmung, die nicht mehr im Stande ist, klar zu erkennen und sogar zu einem Hindernis auf dem Weg zur eigentlichen Wahrheit wird? Ja, Wahrheit lässt zu, dass sich Türen schließen – damit wir erkennen können, dass sich andere öffnen.

Am nächsten Morgen bemerkte ich, wie ein neuer Mieter in das Zimmer des Herrn Rachenproblem einzog. ›Das nächste Opfer zieht ein. Vor zwei Wochen hätte ich ihn noch gewarnt‹, dachte ich. Nun hatte ich keine Kraft mehr … Ich wurde zu einem anderen Menschen. Das Erlebte hatte mich verändert. ›Ich bin froh wenn ich hier weg bin. Wenn das alles einfach vorbei ist.‹ Ich nickte dem Neuen nur freundlich zu, als ich ihm im Flur beim Verlassen meines Zimmers begegnete. Ich hatte noch letzte Erledigungen in der Stadt und an der Uni vor mir, bevor es mit dem Auszug losgehen sollte. Mehrere Male überkamen mich an diesem Tag Furcht und Bedenken. ›Mache ich auch das Richtige? Handle ich nicht überstürzt? Sollte ich T. das Geld nicht einfach schenken, dafür aber nächsten Monat ausziehen? Nehmen andere Menschen solche Schläge des Schicksals einfach so auf sich? Und überhaupt … habe ich zu diesem Schritt auch die notwendige Kraft? Und wenn T. mich infolgedessen auch die Treppe runterstürzt? Unberechenbar ist er ohnehin. Zutrauen würde ich ihm vieles. Wieso mache ich das hier eigentlich?! Ist es wirklich wegen des Geldes? Außerdem involviere ich noch andere in diese ganze Situation.‹ Ich konnte noch aufhören – aber mein Auszug war beschlossene Sache.

Während des Nachmittags rief mich Bianca kurz an, um mir mitzuteilen, dass sie ihren Freund Max als männliche Verstärkung mitbringen möchte. »Nur für alle Fälle.« Ich war einverstanden.

Zuhause angekommen, sah ich, wie Herr T. an der Pforte bereits auf mich wartete. Er ahnte schon, dass etwas auf ihn zukam. Beim Kaffee mit Herrn Rachenproblem hatte ich erfahren, dass T. des Öfteren während der Abwesenheit der Mieter Hausfriedensbruch beging. Diese Tatsache erklärte auch, wieso T. über die in meinem Schrank aufbewahrte Geldsumme Bescheid wusste. Zu meiner Sicherheit schenkte mir Herr Rachenproblem ein Vorhängeschloss für meine Zimmertür, das er zuvor selbst genutzt hatte. Ich wagte es, mein Zimmer mit dem Vorhängeschloss zu versperren. Ich wollte nicht, dass T. die drei komplett gepackten Reisetaschen bemerkt und somit meine Absichten vorzeitig entlarvt. Damit versuchte ich, einer unbeabsichtigten Planänderung vorzubeugen. *Er wolle unbedingt in mein Zimmer*, setzte mich T. jetzt, ohne mich dabei anzuschauen, in Kenntnis. Zum ersten Mal seit meinem Einzug, beschwerte er sich über einen schlechten Internetempfang. Er nutzte dies als Vorwand, um in mein Zimmer hineinzugelangen. Vielmehr wollte er wohl nachsehen, ob es einen ernsthaften Grund gab, wieso ich es blockiert hatte. Der Hauptzugang sei in meinem Zimmer. Fordernd wiederholte er, dass er in das Zimmer *müsse*. Ich durchschaute ihn, konnte dennoch nichts dagegen unternehmen und mich dem nicht widersetzen. Mein Adrenalinpegel stieg mit jeder seiner zornigen Zuckungen. Ich musste mir schnell etwas einfallen lassen! Schließlich sagte ich ihm, dass ich heute noch weggehen und mich davor kurz frisch machen wolle. Er habe ›in einer Stunde, wenn ich außer Haus bin, dann genügend Zeit um dieses Problem zu beheben.‹ Und trotzdem – ging er mir nach! Mein Herz raste. Jetzt wusste ich nichts mehr. Ich konnte ihn im Leben nicht vor der Zimmertür abwimmeln. Er würde einfach, wie vorletzte Nacht – mit Wucht in mein Zimmer hineinstürmen! Ich versuchte mich zu sammeln, wurde aber dennoch zusehends angespannter. Er führte etwas im Schilde! Wir waren schon im Flur angekommen, da rief ihn Gregor, vom Dachgeschoss, unerwartet zu sich. Er möge schnell kommen, er habe ein Problem in der oberen Wohnung, rief ihm Gregor zu. Das war meine Rettung! Die Tür hinter mir abgeriegelt, rief ich Bianca an. Sie solle sich bitte beeilen, flehte ich nahezu. Ich könne nicht länger mit dem Auszug warten. Da hörte ich auch schon T. den Flur entlang schreiten. Binnen fünf Sekunden klopfte er an meine Zimmertür. Ich spürte, wie meine Hände zu zittern begannen: Ich hatte Angst. Das Einzige, was mir jetzt noch einfiel, war, die Dusche anzuschalten. Wie in einem Krimi täuschte ich nun vor zu duschen, während ich auf meine Freunde wartete. Ich merkte jedoch, dass er noch immer vor der Türe stand. Die Situation versetzte mich immer stärker in einen Zustand der Panik. Dann hörte ich endlich das ersehnte Klingeln – meine Freundin und ihr Freund waren endlich da! Die Erleichterung währte aber nur kurz, denn das Schlimmste stand mir noch bevor.

›Gleich ist es so weit … Gott! Lass es mich bitte irgendwie überstehen‹, waren meine einzigen Gedanken. T. ging die Treppe runter, um nachzusehen, wer gekommen war. Endlich war er weg! Ich ließ meine Freunde ins Zimmer, auch Gregor kam dazu. Ich bot ihnen Kekse an und berichtete in Kürze über mein

Treffen mit dem Anwalt. Währenddessen machten meine Freunde die ersten Witze über meine psychische Verfassung. Ich bewegte mich unruhig, zuckte nervös, war irgendwie gepuscht und aufgeregt – das konnte ihnen nicht entgehen. Auf der anderen Seite aber waren sie sich des Ernstes der Lage nicht bewusst. Sie konnten es ja auch gar nicht, schließlich erlebten sie die Situation eher aus der Perspektive einer spannenden Telefonerzählung, an der sie erst ab jetzt tatsächlich teilhatten.

Es war so weit! Das Zimmer war fertig zur Übergabe. Ich musste nur noch ein Stockwerk nach unten, um T. zu informieren. Es war also an der Zeit, sich dem Problem zu stellen, … den Feind zu holen! Ich hatte Angst und ließ mich daher von meinen Freunden begleiten. In diesem Augenblick verschwand Gregor plötzlich! Er wollte wohl doch nicht dabei sein … Das enttäuschte mich sehr. Davor hatte er große Versprechungen gemacht und jetzt … kniff er. ›Naja …‹, dachte ich, ›er muss hier ja schließlich weiterhin wohnen.‹ Ich klingelte bei T. Er öffnete. Meine Aufregung ließ nicht nach, dennoch musste ich mich überwinden und sprach nun in ernstem und konsequentem Ton: »Leider muss ich Ihnen mitteilen, dass ich aufgrund der zuletzt entstandenen Vorkommnisse das Mietverhältnis fristlos kündigen möchte, und jetzt das Zimmer übergeben will.« Im Haus galt er als Choleriker. Er wurde sichtlich nervös, machte sich aber jetzt, den Umständen entsprechend, gut in Selbstbeherrschung – aber nur, um gleich in meinem Zimmer auszubrechen! Wir gingen die Treppe hinauf, dann den Flur entlang, bis zum Ort der Übergabe. Automatisch und völlig unbewusst verhielt ich mich wie Herr Rachenproblem am Tag seines Auszugs. Mir war nur unklar, wieso. Herr T. wollte die Zimmertür hinter uns so schnell wie möglich verschließen! Wie Herr Rachenproblem ließ ich das aber nicht zu! In meiner Verzweiflung wollte ich, dass ein potentieller Zeuge zur Kenntnis nehmen konnte, was gleich geschehen sollte. Ich handelte damit rein instinktiv. Wieso vergaß ich eigentlich, dass meine Freunde doch da waren?

Fordernd sagte T.: »Bitte! Zimmerruhe!« Und machte noch einmal die Türe zu! Ich spürte, wie mein Puls schneller ging und erwiderte: »Es ist doch noch nicht 22 Uhr! Und seit wann beachten Sie *eigentlich* meine Zimmerruhe?«»Theodora! Wir sind ja da. Beruhig dich doch«, sagte Bianca. Sie versuchte, die angespannte Situation zu beruhigen. Sie konnte das Problem nicht erkennen. Ich wollte auf schnellstem Wege hier raus. Das wollte Herr T. schon mal nicht: Er setzte sich gemütlich in den Sessel und legte eine Miene kapitaler Überlegenheit auf, sein Gesicht mit der rechten Hand stützend. Den Auszug hinauszögern, die Zeugen kennenlernen, Fakten, die auf ihn zukommen werden, in gekonnter Weise rauskitzeln – das war seine Absicht. Er war geübt, ich aufgeregt. Er war gnadenlos im Vorteil. Ich konnte nicht aufgeben! Nicht jetzt! Und vor allem nicht auf eine so dumme Weise! Ich musste mir jetzt zügig etwas einfallen lassen, um das Ganze schnell zu beenden! Mein Anwalt hatte mich unterrichtet, ich solle mich auf keinen Fall in detaillierte Gespräche einwickeln lassen, die potentielle Zeugen nicht nachvollziehen können. »Denn, wenn er ein gekonnter Betrüger ist, dann wird er lügen und Ihnen fällt am Ende nichts anderes als Weinen ein: Eine glatte Niederlage, dann steht Aussage gegen Aussage«. Der Kampf um meine Zeugen fing an – wie der Anwalt es vorhergesehen hatte. Mit provokativer Mimik und herrischer Gestik fragte T. mich jetzt langsam und übertrieben gebieterisch: »Ich verstehe nicht ganz … Sie wollen ausziehen? Aus welchem … Grund?« Sein Player-Verhalten, seine betrügerische Gestalt und schließlich die Art, auf die er seine Impertinenz genüsslich akzentuierte, brachten mich innerlich zum Kochen! Ich erwiderte konsequent: »Die Gründe werden Sie noch rechtzeitig erfahren.« Von da an ahnte er, dass bereits ein Anwalt im Spiel war! Und ja: das war er in der Tat! Rechtsanwalt Trist hatte mich belehrt, dass er in meinem Namen sprechen werde und dass ich keine Diskussionen führen solle, sondern schlicht und einfach nur das Zimmer übergeben. In der Realität war das leichter gesagt als getan. T. wollte nun so schnell wie möglich so viel wie möglich erfahren. Er fing an, mit uns zu spielen: »Ist es, weil ich so freundlich war und Sie nachts bei mir immer Wäsche waschen ließ?« ›Nachts … bei mir … Wäsche waschen…. - Wovon redet er da?‹ Ich spürte, wie mich meine Freunde anblickten. ›Ach ja … Der nette, hilfsbereite Herr.‹ Ich fing an mitzupokern, schaute Bianca tief in die Augen, und sagte: »Stell dir vor, *nachts noch Wäsche*! Das habe ich bei uns zu Hause doch am liebsten gemacht!« Dabei lächelte ich kopfnickend, um den Effekt der Ironie meiner Aussage zu unterstützen. In Wirklichkeit gab es in diesem Haus *keine* Waschmöglichkeit. Angeblich hat es *früher* eine gegeben, aber zum Zeitpunkt meines Einzugs war die Waschmaschine dann doch *leider seit Kurzem* kaputt. ›Was wird hier gespielt? Wollte er hiermit eine positive Überleitung zu den nächtlichen Belästigungen schaffen. Was sollte das alles? Auf jeden Fall sollte mich sein listiges Verhalten dumm dastehen lassen. Das kann ich mir nicht leisten! Prozessrisiko 2 000 Euro!‹ Seinem Gesichtsausdruck konnte ich ein augenblickliches Erstaunen entnehmen, das jedoch in Sekundenbruchteilen wieder verschwand. ›War es meine Riposte oder doch der unerbitterte Kampfgeist, der die Grenze *bis hier und nicht weiter* um meine Person zeichnete?‹ Darauf war er nicht gefasst! Und vor allem: Nicht *von mir*! Das gab mir Mut. Auch verlieh es mir eine Art Stärke, mich für all diejenigen, die keine Kraft mehr dazu hatten, in doppelter Weise an ihm zu rächen. ›Ja, ich wollte Ge*recht*igkeit! Sein Leiden, seine Schwäche sehen! Im Namen aller, denen er Leiden zugefügt hat, die er schwach gemacht hat. Was verlieh mir jetzt nur solch eine

Entschlossenheit, solch einen Willen?‹ Ich war noch nie eine Zockerin gewesen, ich war nicht einmal der Typ dafür. Mein Pokern jetzt war purer Zufall. T. ging davon aus, er schüchtere mich ein. Daher hatte ihn auch mein Kontern in Überraschung versetzt. Fest stand – er war schnell im Denken. Viel schneller als ich! Mein Vorteil war, dass ich bei ihm Unsicherheit hervorrufen konnte. Seine Unsicherheit war mein Vorsprung. ›Ich kenne ihn besser, als er mich kennt: Er ist ein Betrüger und handelt auch so. Er kennt mich nicht, er weiß nicht, was er zu erwarten hat. Ich kann *ich* sein; genauso gut kann ich *sein* Verhalten assimilieren, um ihn in seine eigenen Täuschungsversuche zu verwickeln.‹ So versuchte ich nun zu bluffen, damit er mich nicht auf seine geübte Art in den Griff bekommen konnte. Ich wollte, dass das Szenario, welches er mit jedem bislang durchgezogen hatte, außer Kontrolle geriet. Das war die einzige Taktik, die mir jetzt plausibel erschien. Er galt als impulsiv, ich als ruhig. Nun zeigte ich ihm, dass ich genauso ausflippen konnte. Dass er mich nicht übertönen konnte! Bisher hatte ihn keiner derart überrumpelt. Alle drohten ihm im ersten Schritt mit dem Anwalt, woraufhin er die

Mieter bedrängte. Fest stand: Er hatte bisher immer gewonnen – selbstverständlich auf Kosten der anderen! Das konnte nicht so weitergehen. Es musste doch irgendwie möglich sein, diesem Wahnsinn ein Ende zu setzen. Eins war klar: Dieser Mann war nicht normal! Ich konnte schlecht abschätzen, was als nächstes kommen würde. Was er sich noch alles ausdenken konnte.

Um ihn mit den eigenen Mitteln zu besiegen, musste man vorerst den Code zu seiner Psyche knacken. Ich durfte so wenig wie möglich von meinen Absichten offenbaren. Das galt leider nicht für meine Freunde … Als ich sah, dass die Lage außer Kontrolle geriet, weil meine Freunde dachten, sie würden mit Diskussionen Wunder bewirken und mir helfen, musste ich handeln! Ich lenkte das Gespräch auf meine Person, indem ich Herrn T. plötzlich und wütend zugleich aufforderte, das Zimmer *sofort* auf Ordnungsmäßigkeit zu prüfen. Vielleicht war ich zu wütend, ich wollte einfach schnell aus dem Haus. Keine stundenlangen Kennenlern-Diskussionen, wie es im Fall der Freunde des Herrn Rachenproblem gewesen war. Meine Freunde hingegen fanden nun – ihre eigene Mission: Sie wollten *die Lage beruhigen.* »Theodora, bleib locker, bleib cool, beruhige dich …«, sagte Max. »Ist doch *nichts* passiert, der Herr prüft gleich das Zimmer und er gibt dir auch gleich deine Kaution wieder«, ergänzte Bianca. Ich wollte aber *jetzt* weg, auch *ohne* Kaution. Meine Nerven lagen blank. T. hingegen hatte sichtlich Spaß. ›Wie erbärmlich‹, dachte ich. Ich sagte erneut: »Ich möchte *jetzt* ausziehen.« T. erwiderte in grotesker Weise: »Natürlich … Sie können ausziehen, wann immer sie wollen. Sie sind ein freier Mensch. Ich kann Sie nicht zwingen, hier wohnen zu bleiben.« Er sah, dass meine Freunde nicht viel wussten und dass wir uns nicht wirklich abgestimmt hatten. Es entstand das gleiche Szenario wie bei den anderen: Der Mieter will ausziehen, die Zeugen aber gerne plaudern … Es war einfach verblüffend, was sich hier eben abgespielt hatte.

›Das hat doch keinen Sinn. Ich muss hier weg, bevor er am Ende auch mich noch in Schach hält.‹ Da drehte er den Spieß noch einmal um: »Sie wollen ja *nur* ihre Kaution …« ›Das hat Bianca gesagt‹, was ich wollte, war *die fristlose Kündigung des Mietverhältnisses*! Dann fing er an, meine Freunde emotional zu beeinflussen, wie ich mit ihm rede und wie nett er mir gegenüber sei …

Verträge basieren auf Vertrauen. Es gibt jedoch immer wieder Menschen, die betrügen werden, um dieses Vertrauen zu gewinnen. Ich war dem Wahnsinn nahe! Ich hatte genug und sagte im Flüsterton, vor Wut fast explodierend: »Sie sollen mir bitte *jetzt* unterzeichnen, dass das Zimmer in Ordnung ist.« Nervös stand er nun auf und ging hektisch durch das Zimmer. Schließlich raste er durch das Zimmer, machte die gewünschte Kontrolle, natürlich *ohne* zu unterschreiben und auch *ohne* die Rückerstattung der gezahlten Kaution – das hatte er wirklich nicht vor. Dafür aber schüchterte er erneut meine Freunde ein. Er verkündete ihnen, dass er wegen Menschen *wie mir* die Freude an der Führung seines „Gasthauses" verloren habe. T. wusste, wie man Menschen beeinflusst … Er hatte mir irgendwann erzählt, dass er sich in Psychologie schlau mache, weil er nie wisse, *wie Menschen reagieren können.* Das war am Anfang, bei meinem Einzug im Januar. Er wies damals auf die Tür eines Mieters. Nun war es an der Zeit, diesem netten Austausch und der Beeinflussung *meiner* Freunde ein Ende zu setzen! »Unterschreiben Sie, *ja oder nein*?!«, beharrte ich. Stille … Ich sah ihn an. Seiner Miene konnte ich entnehmen, dass er *nicht* unterschreiben würde. Dennoch konnte ich mir in dieser Situation keine Offenbarung der in mir tobenden Verzweiflung und schmerzenden Schwäche leisten … Ich musste mich stark zeigen und fuhr fort: »*Ja oder nein?! … Zum ersten … zum zweiten* … dann eben nicht! Dann gehen wir jetzt!« Naja … zumindest ging ich. Meine Freunde … blieben noch da … Vielleicht wollten sie die entstandene Spannung ja nur mildern – aber das konnten sie doch gar nicht! Sie waren hier *keine Opfer*, nur Mittel zum Zweck. Am Anfang nutzte ich sie für meine Zwecke – jetzt wurden sie durch den Betrüger instrumentalisiert. Sie waren irritiert. Verstanden nichts, auch mich nicht. In ihren Augen hatte ich meinen bisherigen, einen guten, Eindruck verspielt. Sie blickten mich an wie eine Anormale. Ich sah, dass diese Situation unsere Freundschaft vollkommen überforderte. Das hatte ich nicht vorhersehen können … ›Habe ich mir wieder alles zu leicht vorgestellt?‹ Vielleicht habe ich es mir *gar nicht vorstellen können*, dass auch *meine Freunde*, die eigentlich im Leben schon auf alles gefasst waren und mich kennen, den Nettigkeiten eines Fremden mehr

Glauben schenken würden als mir! Genau wie es auch im Fall der Freunde des Herrn Rachenproblem gewesen war. Ich als Fremde habe ihm mehr Glauben schenken können als seine eigenen Freunde! Die eigenen Freunde – ließen sich täuschen.

Bianca folgte mir nach einem kurzen Augenblick. »Was ist denn los?! Sollen wir wirklich gehen? Willst du deine Kaution jetzt doch nicht mehr, oder wie …?!«, fragte sie verwirrt. Ich weihte sie ein, dass es mir nicht mehr um die Kaution gehe und dass ich mich mit diesem Mann im Rechtsstreit befinde, da er mich arglistig in seinen Versprechungen getäuscht und meine Unterzeichnung erpresst hatte. »Ihr *solltet* euch nur einen Einblick über den Zustand des Zimmers beim Auszug verschaffen, falls er wie bei Herrn Rachenproblem die Decken aufreißt. Das war`s! Daraufhin *sollte* er die Ordnungsmäßigkeit der Übergabe bestätigen, was er letztlich nicht gemacht hat. Ich *sollte* mit diesem Mann keine Streitgespräche führen, das regelt mein Anwalt.« Schließlich fragte ich Bianca, was Max noch mit T. zu bereden habe. Sie holte Max nach etwa drei Minuten schließlich aus dem

Zimmer, mitsamt meinem restlichen Gepäck. Danach gingen wir zum Auto. Es war kurz nach 20 Uhr.

Nach diesem Auszugsdrama war der Zoff im Wagen gesichert! Durch die soeben entstandene Situation wollte mich meine Freundin noch an der Bahnstation Höllental, samt meiner drei Reisekoffer, absetzen – genau hundert Meter vom Gasthaus entfernt. »Das kannst du doch nicht machen!«, meinte Max zu ihr. So fuhren wir doch noch zusammen nach Freiburg und Max sagte in meine Richtung: »Ach ja, Herr T. meinte am Ende, ich soll dich noch ganz nett von deinem Vermieter grüßen.« ›Na dann, *herzlichen Dank*!‹ Ich dachte: ›Ich spinne!‹, sagte aber nichts mehr … »Wir wollten dir nur helfen. *Und außerdem*«, da erhob Bianca den Ton, »weiß ich nicht, was du hast! Der Mann ist doch total nett! Und entschuldige, aber wir hatten eher Angst *vor dir* als vor ihm«, sagte sie entnervt. Danach brach ich zusammen. Ich war nicht mehr zu beruhigen. In mir mischte sich alles: Wut, Frust, Empörung, Ungerechtigkeit, Verzweiflung und Zorn darüber, dass er mich noch zu grüßen wagte und schließlich Hoffnungslosigkeit darüber, dass die Wahrheit schlechter nachzuweisen ist als die Lüge. Werte, an die ich glaubte und die ich mit ganzer Kraft zu vertreten bereit war … alles ein *Nichts*. *Keine Kraft* … peinlich und für nichts … Danach flossen nur Tränen … *Stille* … »Jeder Fall ist anders«, sagte Max. Jedoch spürte ich dahinter vielmehr T.s Worte. ›Das war es also, womit er Max so lange aufgehalten hatte.‹ T.s Erklärungsversuche … – der Grund, wieso ihn schon die achte Person am liebsten auf der Anklagebank sehen möchte. T. hatte in seinem Standardrepertoire mehrere guter Performances parat. Mit Bianca hatte ich über ein Jahr problemlos zusammengewohnt: »Schade, dass du wegfährst. Ich kann mir keine bessere Mitbewohnerin als dich vorstellen«, waren ihre letzten Worte. Und jetzt glaubte sie tatsächlich, ich wäre innerhalb von drei Wochen in der Lage, einen Mietzoff feinster Art zu beginnen, nur um ein Mal den Sitzplatz auf der Anklagebank zu testen? Es war erbärmlich … nun musste ich noch den eigenen Freunden nachweisen, dass ich im Recht war. »Hier steht Aussage gegen Aussage«, stellte Max gerade fest. So bekam ich auch die erste Kostprobe, was im Gericht, vor fremden Menschen auf mich zukommen konnte: Wenn schon Bekannte Bedenken hatten … »Du bist noch jung …beschäftige dich nicht mit *so* was und *vergiss die Geschichte*! Du hast *keine* Chance, … und außerdem wird *keine* Staatsanwaltschaft einen Prozess für 200 Euro Kaution veranstalten«, sprach Max' Ratio zu mir. Ab diesem Zeitpunkt war bittere Stille unsere Begleiterin, zumindest bis zum Freiburger Hauptbahnhof. Dort setzten sie mich ab und ich sollte ins Taxi umsteigen. Die Freundschaft – war keine mehr. Ich erlag meinem Zusammenbruch … So stand ich jetzt mitten auf der Straße, kraftlos inmitten meiner Koffer. Plötzlich hörte ich das starke Hupen eines Taxifahrers. Ich blockierte ihm den Weg, sodass er nicht vorbei fahren konnte. Er brüllte mich an. Erst als er anfing, mich zu beleidigen, realisierte ich, dass ich mit meinem Gepäck die gesamte Ausfahrt versperrte und bewegte mich zu einem der Autos. Die Tränen flossen ununterbrochen und ich konnte nichts dagegen tun. War ich nun wirklich mit all dem allein geblieben? Irgendwann kam ich dann doch noch bei Miri an. Sie musste mich stundenlang beruhigen …Zwei Packungen Taschentücher wurden verbraucht. Sie sagte, *so etwas* sei normal, wenn Menschen die

Situation nicht einschätzen können. Sie sagte, so sehe die Vorstufe zum gerichtlichen Verfahren aus. »Schau mal, wie fix und fertig du jetzt schon bist und du hast dir das Ganze gar nicht vorstellen können. So ein Prozess raubt dir noch viel, viel mehr von deiner Kraft, die du jetzt doch für andere Sachen brauchst: Abschlussarbeit, deine Mutter, die im Krankenhaus liegt und der du jetzt viel Kraft geben solltest, damit sie schnell gesund werden kann. Und wenn du verlierst ..., dann wirst du eine lange Zeit brauchen, um dich zu regenerieren. Willst du deine Abschlussarbeit noch auf die Schnelle zwischen den Prozessvorbereitungsterminen in der Anwaltskanzlei und dem Gericht schreiben? Wie stellst du dir denn das vor? Deine Kosten steigen ... erst 200 Euro, jetzt schon 700! Und noch ist kein Ende in Sicht. Schone deine Kräfte! *Lass es sein!*«, so versuchte sie, mir den geplanten Schritt zum Gerichtshof auszureden. »Danke, dass du für mich da bist«, sagte ich. Wir umarmten uns und dann ging sie zu ihrem Freund, sodass ich mich an diesem Abend mit der neuen Umgebung vertraut machen konnte. Der Gedanke des Kampfes verließ mich nicht. Trotz all der Vernunft und Plausibilität ihres Ratschlags, hatte mein

Unterbewusstsein diesen schon mit einer Kapitulation gleichgesetzt. ›Ist mein Kampfgeist in Wahrheit nur ein Mangel an Demut, der einem Machtkampf nahe steht? Und wenn ja, was ist daran so falsch? Ich sehe es einfach nicht ein, T. alte Schränke zu ersetzen und basta!‹, meldete sich endlich meine Ratio. Ich verspürte das starke Bedürfnis, zu telefonieren. Am besten beruhigen konnten mich jetzt nur Menschen, die selbst betroffen waren. Ich zog den Kontaktzettel heraus, den mir Herr Rachenproblem gegeben hatte. Kurz danach beglückwünschte mich Tim, ein anderer Ankläger, »zum ersten Schritt«. Er und seine Kraft schenkenden Worte wirkten mildernd. Er konnte die entstandene Situation sehr gut nachvollziehen.

Am nächsten Morgen rief mich unverhofft Herr Rachenproblem an. Er hatte von einem anderen Mieter erfahren, dass T. Gregor nach meinem Auszug einzuschüchtern versuchte. Leider auch mit Erfolg! Er hatte mit Gregor den Inhalt der Faxmeldung, die er von meinem Anwalt unmittelbar nach meinem Auszug erhalten hatte, besprochen. Der Mieter sagte, die Sachlage habe sich zu meinen Ungunsten entwickelt. T.

suche nämlich zwanghaft nach Zeugen für sich selbst, auch habe er Gregor vorteilhafte Versprechungen bei einer möglichen Kooperation gemacht. Von Mietminderung war angeblich die Rede. Im Laufe des Tages rief mich dann auch Gregor an. Er wollte sich mit mir in der Stadt treffen. Er wolle wissen, wie es mir geht und wie ich mich fühle. ›Er ist zum Maulwurf geworden.‹ Ich war jedoch vorgewarnt! Um Gregor als potentiellen Verräter auszuschließen, wollte ich ihn nicht mehr über Einzelheiten zu diesem Fall informieren, beschloss ich. ›Tja … Gregor, ein Maulwurf: Ein kleiner Fall und welch ein Trubel!‹ Ich hätte niemals gedacht, dass der gestrige Auszug mir so viel Kraft rauben könnte und in einer solchen Weise meine Psyche beschäftigen könnte. Retrospektiv ging ich noch mal die psychologische Taktik T.s durch. Mit klarerem Kopf als gestern versuchte ich, das Geschehene zu rekonstruieren. Nun fiel mir ein, dass ich bei meinen Handlungen eine wichtige Tatsache vergessen hatte: Zwar war er Choleriker, würde aber *nie* vor Zeugen komplett ausrasten. Vielleicht hatte ich sogar Glück im Unglück. Wären nicht meine Zeugen gewesen, wäre ich vielleicht auch längst die Treppe hinuntergestürzt worden. Oder er hätte mir Prügel angedroht wie bei den anderen. Nun ja, dazu kam noch die Tatsache, dass ich mich von den geplanten Klausuren abmelden konnte ... Ein *nicht bestanden* konnte ich nicht auch noch riskieren. Somit waren meine Pläne komplett hinfällig geworden. Alles umsonst! Hätte ich das bloß gewusst, dann wäre ich wenigstens länger zu Hause geblieben. Aber nein ... es musste ja so kommen. Ich fragte mich, *wieso*.

Am Abend besuchte ich meine Mutter im Krankenhaus. Ich verschwieg ihr jedoch die ganze Geschichte; ich konnte und wollte sie einfach nicht zusätzlich beunruhigen. Dafür versuchte ich, sie mit lustigen Erinnerungen aufzuheitern. Der mütterliche Instinkt ließ sich aber nicht täuschen. Sie spürte, dass etwas nicht in Ordnung war und nahm ihren dann so typischen, prüfenden Gesichtsausdruck an: ihre auf meine Gestalt fokussierten Augen röntgten mich geradezu und legten offen, was meine Mimik und Gestik zu verschweigen suchten. Sie spürte *immer etwas*, wenn sie mich so stillschweigend betrachtete und dabei keine Fragen stellte. Und immer fragte ich mich, wieso sie nichts

sagte. Es war, als ob sie Angst davor hatte, *zu wissen*.
Kann die mögliche Wahrheit unerträglicher als die
Ungewissheit sein? Die menschliche Natur ist von Grund
aus neugierig. Dennoch stößt diese Neugierde erstaunlich
schnell an die Grenzen ihrer Wachsamkeit, wenn etwas
Beunruhigendes in der Luft liegt.

4. Der Weg zur Wahrheit: Die Wahrheit als *Weg*.

*Der Weg zur absoluten Wahrheit entspricht nicht dem
zur relativen. Der eine ist wahr der andere prozesshaft.*

Was hat die Menschheit nicht alles erfunden, um sich der
Wahrheit selbst zu berauben? Was hat die Menschheit
nicht alles getan, um der Wahrheit ein Stück näher zu
kommen? Lügendetektoren und der Trugschluss einer
gekonnten Autosuggestion. Oder besser: Die
Rechtsanwälte und die Wahrheit als verstümmeltes
Spielzeug in ihrem Machtkampf! Lüge gegen Lüge. Oder
doch Wahrheit gegen Wahrheit, wenn auch in
modifizierter Form? Die Wahrheiten eines Anwalts …
präziser: seine Lügen. So dienen die Lügen des einen
Anwalts als einziger Ausweg, damit die Wahrheit auch

schön verhüllt bleibt. Die Lügen des anderen hingegen sind Mittel zu ihrem Weg. Lässt sich dieser Weg aber nicht auch ohne ein Fundament gekonnter Lügen finden? Was ist Betrug und wo sind seine Grenzen? Gibt es denn Grenzen? Und wozu sollen sie überhaupt dienen, wenn man sowieso nicht mehr im Stande ist, das Wahre zu erkennen? Versagt unser scharfes Auge bei der Trennung des Guten vom Bösen, oder gibt es schon bei ihrer Erkennung auf? Können wir für Unrecht überhaupt ausreichend sensibilisiert werden? Oder wollen wir vielleicht auch gar nicht sensibilisiert werden, wenn das Blindsein in Bezug auf Wahrheit uns mit so zahlreichen Vorteilen anlächelt?

Mit der Kunst verdrehter Fakten erschuf mein Anwalt eine ganz neue Geschichte: eine, die „prozesstauglicher" war. »Das kann ich unmöglich so aussagen! Was ist, wenn ich vereidigt werde? Ich bin gläubig, ich kann bei so etwas nicht lügen«, protestierte ich. »Jetzt seien Sie nicht so kleinlich! Sie kamen doch mit solch einer Wut zu mir, ist davon nichts mehr geblieben?! Wo steckt denn ihre anfängliche Überzeugung?«, erwiderte mein Anwalt.

›Das kann doch unmöglich wahr sein!‹, dachte ich. ›So dreht sich also die Welt: von Betrügertür zur Betrügertür, schwungvoll im Takt, mittels emotionaler Beeinflussung vom Feinsten, und alles nur wegen des Geldes …!‹

5. Wahrheit: *Axiom* contra *Provokation*.

Ohne Annahmen keine Wissenschaft. Ohne Wissenschaft keine Axiome. Denn was wäre die Wissenschaft ohne ihre Annahmen? Viele Annahmen kreieren die Wahrheit. Ohne Beweise keine Wahrheit? Doch wie viele Beweise benötigt die Wahrheit, um sich selbst unter Beweis zu stellen? Alle Abweichungen von beweisbaren Annahmen führen in der realen Welt zur … Steigung des Risikos. Beispielsweise Prozessrisiko und Niederlage … Die sichere Wahrheit, ein Risiko?

Und wieder Freitag … Am späten Nachmittag, im Uni-Café der Bibliothek sitzend, gönnte ich mir die letzte Kaffeepause des heutigen Tages. Vis-á-vis glänzte mich wieder einmal die Uniprämisse in ihrem prachtvollen

Goldton an: DIE WAHRHEIT WIRD EUCH FREI MACHEN[1]. Doch was ist damit eigentlich gemeint? Das Studium – ein Weg zum Ziel. Viele schaffen diesen Weg. Das Ziel bleibt dennoch oft unerreicht ... auch wenn die Strecke erfolgreich beendet wird. Was steckt dahinter? Was passiert, wenn kurz vor dem Ziel eine verschlossene Tür den restlichen Weg versperrt? Wo verbirgt sich hierzu der Schlüssel? Noten, Praktika und ... Auslandserfahrung? Vielleicht lässt vielmehr die, auf den über 550 Jahre alten Mauern eingravierte Prämisse, die Tür, nur für diejenigen, die sie verstanden haben, weiter aufgehen? Könnten sich die alten Mauern irren? Wenn ja, wären sie dann nicht schon längst modernisiert worden?

Die Universität als Wahrheitstempel ...

War der Sinn der Wahrheit gleich dem der Freiheit? Der Mensch strebt nach Freiheit. Ohne Träume kann es keine Pläne geben. Ohne die Freiheit aber keine Träume, da dann jeder Traum an die Erlangung dieser verloren ginge. Frei sein, frei träumen zu können ... Verborgenes verwirklichen ... Den eigenen Horizont erweitern und

---

[1] An der westlichen Front des Kollegiengebäudes I der Albert-Ludwigs-Universität steht in vergoldeten Buchstaben dieser aus der Bibel stammende Spruch (Joh. 8, 32), der 1911 zum Motto der Universität wurde.

andere daran teilnehmen lassen … mit unseren Träumen alleine wären wir nur zum Teil frei; nur zum Teil glücklich.

Nun konnte ich auch die Münsterglocken läuten hören. Schon wieder Abend … Die Glocken zur Abendmesse klangen an diesem Tag irgendwie besonders stark. Ihrem Ruf folgend, beschloss ich spontan, mich der Messfeier anzuschließen. Wie die Ironie des Schicksals es wollte, bekam ich nun auch den ersten Ratschlag *von oben*: „Du sollst keinen Meineid schwören, und … Euer Ja sei ein Ja, euer Nein ein Nein; alles andere stammt vom Bösen.", offenbarte mir das heutige Evangelium[2]. ›Ich muss gar nicht schwören … Mein *Ja, ist ein Ja*, so sagt es zumindest die Bibel. Doch … kann ich das auch wirklich *so* sagen? Ich meine … im einundzwanzigsten Jahrhundert … und auch noch vor Gericht! Das klingt doch, wenn ich es mir recht überlege, irgendwie … provokativ. Aber ich kann doch unmöglich Teilwahrheiten auf Gott schwören!‹ Nun verstand ich auch, wieso mein Anwalt log. ›Eigentlich war das nur

---

[2] Mt 5,33-37.

seine Art zu pokern. Anders kann man mit einem Betrüger wohl nicht, sonst verfängt man sich schnell in seinem Netz, das gekonnt gespannt ist.‹

Die bunten Facetten der Wahrheit ... nun sprach auch die Bibel ein paar Worte dazu. Provokation hin, Provokation her – danach werde ich mich richten, beschloss ich. »*Vor Gericht und auf hoher See sind wir allein in Gottes Hand*«, waren die Worte, mit denen mich Herr Rachenproblem verabschiedete. Durch Zufälle geleitet erkannte ich endlich ihren tieferen Sinn. »Religionen sind wahrhaftig ein soziodemographisches Phänomen für mich«, sagte ein Freund einmal zu mir. Er war auf dem Weg, Richter zu werden.

6. Wahrheit als *unerbitterter Kampf.*

Der ganze Prozess des gnadenlosen Kampfes um die Verteidigung der Wahrheit spielt sich zumeist im Inneren ab. Wahrheit ... spielt sich im Inneren ab. Der Weg zur Wahrheit führt oft durch Entkräftung. Er bedarf Kraft und Ausdauer und führt oft zu Schmerz und Leiden. Aber zu jedem Zeitpunkt kann man aufgeben, diesen Weg verlassen. Das ist jedem selbst überlassen. Doch dann verbliebe nur die Leere, die noch schlimmer ist als der Schmerz. »*Ehrlichkeit währt am längsten*, ... auch in schwierigen Situationen«, hatte mein Opa immer gesagt. Diese Ehrlichkeit galt es nun zu verteidigen. Mit allen Mitteln!

›Wieso bin ich hier? Was schreit da in mir? Was wehrt sich in meinem Inneren gegen die hier zustande gekommene Ungerechtigkeit und *wieso eigentlich*? Was ist denn meine treibende Kraft? Ist es Rache? Oder ist es doch der Drang nach Gerechtigkeit?

Gerechtigkeit, hm ... gibt es sie wirklich? Und gibt es überhaupt Wahrheit? Wie viel Freiheit kann es im Leben eines Menschen tatsächlich geben?‹

Laut dem Homo oeconomicus[3] ist die Existenz der Gerechtigkeit hoch umstritten. Man muss dem, der mehr hat, ein Stück wegnehmen, um es auf diejenigen, die

---

[3] „Wirtschaftsmensch", ist in den Wirtschaftswissenschaften ein theoretisches Modell eines ausschließlich „wirtschaftlich" denkenden Menschen (eines sog. *Nutzenmaximierers*). Es dient der Erklärung elementarer wirtschaftlicher Zusammenhänge.

weniger haben, gerecht zu verteilen. Dies kann nicht gerecht sein und *somit kann nichts gerecht sein.* Würden wir es aus freiem Willen verteilen, wäre es doch gerecht? Danach strebt der freie Wille, nicht nach Gerechtigkeit.

Eigennutzaxiom: *Meins! Haben! Mehr!*

›Menschen können nicht gerecht sein! Sie können nur Formen von Gerechtigkeit anstreben … Also doch nur ein Machtkampf? Konnte diese Liturgie nur Zufall gewesen sein? Der Mix aus Zeit, Ort und Situation – alles *nur* Zufall? Was steckt dahinter? Befand ich mich gerade an der Schnittstelle zwischen Mystik und Realität? Was ist denn die treibende Kraft des Alltags?‹ Man fragt sich doch immer: Hätte ich den Weg nicht oder gerade doch gehen sollen? Habe ich das Richtige gesagt? Habe ich richtig gehandelt? Was lenkt unsere Handlungen und Gespräche? Oftmals fragen wir uns: Habe ich das wirklich gesagt, *so meinte ich es doch gar nicht.* Wer agiert und wer reagiert? Gibt es da eine unsichtbare Kräftedominanz, die manches anders erscheinen lässt als geplant? Es ist wichtig, Pläne zu machen. Ein planloser Mensch ist zum Scheitern verurteilt. Aber man vergisst dabei, dass viele der Pläne auf Träumen aufbauen. Bei wie vielen Menschen hat sich die geplante Zukunftsvision auch wirklich durchsetzen können? Wir vergessen die Zufälle, die zu jeder Zeit alles in eine andere Richtung treiben können. Verbirgt sich aber dahinter ein anderer Plan? Vielleicht sind diese Begebenheiten durch eine höhere Macht bereits vorprogrammiert. Denn es muss doch auch einen Sinn ergeben, wenn alles Geplante schief läuft!

Statt eines Kurztrips in die Karibik folgte nun ein noch kürzerer Trip in das Gerichtsschlachtfeld:

Angst und Bedenken waren meine Gefährten. Der Anwalt – meine Waffe.

›Wieso bin ich hier, will ich mir damit nur etwas beweisen? Wäre ich jetzt nicht zwischen den Bücherwänden der Bibliothek viel geborgener?‹

Lässt Wahrheit Angst zu?

Der erste Schuss – es geht los!

Piff! Paff!

Es knallte gewaltig! Der Krawall verstärkte sich.

Dann verursachte eine Bombe eine größere Explosion und eine weitere Salve folgte in meine Richtung!

Der Feind hat mich verfehlt, aber nur knapp.

›Wird er beim nächsten Mal treffen? Werde ich das überleben?‹

Der Feind näherte sich Stück für Stück. Er war viel besser ausgestattet als ich.

Seine Gefreiten fingen an, mich zu umzingeln. Sie traten näher und näher. Nun konnte ich sogar ihre Schritte hören. Sie waren nicht mehr weit!

Ich musste nachladen, hatte aber keine Munition mehr. Außerdem waren meine Kameraden nicht erschienen.

Nun war ich der Gefahr machtlos ausgeliefert. ›Das war`s‹, dachte ich.

Meine Kräfte fingen an, mich zu verlassen.

Das Gebrüll des Feindes hörte nicht auf.

Mit letztem Atemzug folgte meine Antwort: ›War das eben mein Ton, der zu solcher Lautstärke fähig war?‹

Und wieder ein Knall des Feindes!

Und dann … – die alles entscheidende Frage.

Ich antwortete.

Der Richter hob … seine Augenbrauen – war das die richterliche Antwort auf Unkonventionelles?

Prozessrisiko …

›Wurde die Schlacht im Nu zum Vabanquespiel?‹

Das Urteil sollte gleich folgen.

Süffisant lachte der Feind in meine Richtung. *Veni, vidi, vici,* schrieen seine Augen.

›Doch konnte er wirklich, aus seinen bereits gesammelten Erfahrungen auf der Anklagebank, schon das Urteil erahnen?‹

Mein Verteidiger kratzte sich verstärkt am Kopf. ›Machte er das immer, wenn etwas Unbesprochenes vorkam, oder machte er es eigentlich nur vor dem unvermeidlichen Niedergang?‹

Stille. Es war vollbracht – und ich noch am Leben!

›Nun ja, … dann verbleibt noch aufs Urteil zu warten …‹

Ich zuckte unsicher. *Vor Gericht und auf hoher See* …Verlor ich nun das Vertrauen in Gott? Das Böse ist ebenso stark wie das Gute … Jedoch kämpfte ich für meine Überzeugung, dass das Gute letzten Endes immer die Oberhand haben wird. Mir wurde bewusst: ›Daraus schöpfe ich Kraft!‹ Gerade im Moment vollkommener Ermattung haben sich meine Fragen beantwortet. ›Das war es! Das leitet mich! Das ist meine treibende Kraft: Die eigenen Schwächen in Stärken umzuwandeln!‹ Ich war jetzt zufrieden. Ich hatte das Richtige getan: Man muss sich für seine Prinzipien stark machen, für sie kämpfen, und nicht aufgeben. Wer sich treu bleibt, ist glaubwürdig. Ihm können auch andere vertrauen.

Der Richter schritt in den Saal, um das Urteil zu verkünden.

›Die Wahrheiten eines Richters: Faktisch, partiell beobachtbar, phänomenal und vor allem: *Soziodemographisch?*‹ Das Richtertum – ein Pontius-Pilatus-Job?

In der vollen Breite seiner Arroganz und Siegessicherheit lachte der Feind erneut – jetzt auf den gesamten Saal gerichtet.

Es folgte: Die Urteilsverkündung …

Und plötzlich … erhellte das Licht der Wahrheit den vor Kurzem noch in grausam tobender Finsternis verschütteten Gerichtssaal.

In Stille verließ ich den Saal. Kein Schrei des Triumphes … *nur Stille*.

Die Tür zum Ausgang öffnete sich:

VERITAS! QUO VADIS?

7.   Wahrheit als *Freiheit.*

Die Wahrheit besitzt eine befreiende Macht. Sie sorgt für den beruhigenden Einklang des Gewissens mit der eigenen Gedankenwelt. In Wahrheit ist Freiheit verborgen.

WAHRHEIT BEFREIT

Inhalt

Herstellung und Verlag:
BoD – Books on Demand, Norderstedt
ISBN 978-3-8482-5904-5

Danksagung

Niemandem schulde ich mehr Dank als meiner Mama Renata. Sie hat mich ermutigt, dieses Projekt anzufangen. Ohne Ihre unterstützenden Worte wäre das Buch nicht entstanden.

Ganz besonders möchte ich mich bei Anne Munsel bedanken, die sich der Korrektur meiner Geschichte angenommen hat. Die Arbeit mit Ihr war sehr hilfreich, zugleich machte sie auch viel Freude. Danke für Deine Sorgfalt.

Ein weiteres Dankeschön gebührt auch Ana-Maria Souca für die wichtigen Belehrungen bei der Zusammenfassung des Werkes.

Nicht zuletzt danke ich Martina Momkute, Maren Polzin und Luke für Ihre freundschaftliche Hilfe während des Projekts.